KB049980

숲에서 사람을 보다

시작시인선 0182 숲에서 사람을 보다

1판 1쇄 펴낸날 2015년 5월 1일
지은이 김익두
펴낸이 채상우
디자인 이승희
펴낸곳 (주)천년의시작
등록번호 제301-2012-033호
등록일자 2006년 1월 10일
주소 100-380 서울시 중구 동호로27길 30, 413호(묵정동, 대학문화원)
전화 02-723-8668
팩스 02-723-8630
홈페이지 www.poempoem.com
이메일 poemsijak@hanmail.net

ISBN 978-89-6021-235-0 04810
978-89-6021-069-1 04810(세트)

값 10,000원

*이 책의 국립중앙도서관 출판시도서목록(CIP)은 서지정보유통지원시스템 홈페이지(http://seoji.nl.go.kr)와 국가자료공동목록시스템(http://www.nl.go.kr/kolisnet)에서 이용하실 수 있습니다.(CIP 제어번호: CIP2015011004)

숲에서 사람을 보다

김익두

천년의 시작

시인의 말

두 번째 시집을 낸 지 16년 만에 세 번째 시집을 낸다. 감회가 있다. 올해로 내가 태어난 양띠 해가 여섯 번째 돌아왔다. 회갑이다. 돌아보면, 쓸쓸한 삶이었다. 그래도, 여기에 모아 놓은 것들이, 내가 차마 버리지 못한 내 소중한 체험의 표현들이다. 생명으로 이 세상에 나온 목숨들이, 잠시 이곳에 머물며 그리는 작고도 섬세한 삶의 궤적들을 나는, 늘 안타깝고 소중하게 여기며 살아온 것 같다. 사람들이 없는 고요한 숲 속, 작은 뱁새들이 그 작고 까아만 눈들을 빠안히 뜨고 포로소롬한 작은 알들을 품어 제 새끼들을 까 키우는 시냇가, 강아지풀이 온몸 가득 작은 씨앗들을 품고 가을바람에 흔들리는 언덕을, 나는 왜 이토록 혼자 그리며 지니고 사는 것일까. 그곳에서 이제, 좀 더 허름해지고 조금 더 낙낙해진 당신의 품에서, 며칠 더 살고 싶다. 살다가 영원한 침묵이 되고 싶다. 노겸 선생님의 서문, 홍용희 선생님의 평문, 용택이 형, 홍관이 도현이 동생의 추천사가, 이 쓸쓸한 회갑의 큰 기쁨이다.

멀리 있는
당신께,

숲 속의 엽서 몇 장,
부칩니다.

당신의 맑은 눈물,
한 방울
앞에.

을미년
입춘날, 샘골 숲에서
김익두.

서문

마고(麻姑)의 길

노겸 김지하(시인 · 사상가)

이 시집 『숲에서 사람을 보다』에는, 「마고—행상」이라는 시가 있다. 놀랍다. 왜?

'마고'가 누군가?

1만 4천 년 전 파미르고원에 살았다는 우리 조상 여신이다. 그리고 '신시(神市)'의 창시자다.

무엇을 뜻하는가?

더군다나 그 할미는 '행상(行商)'이다. 무엇을 뜻하나?

> 편안히 쉴
> 시골집 따스한 아랫목으로,
> 다시 돌아간다.
>
> —「마고—행상」 부분

다시 돌아간다?

과연?

그렇다!

인류는 돌아가고 있다. 어디로?

신시 '호혜시장'으로!

그래서 '행상'이고 그래서 "비 맞으며" "들길로 나가는" "천지와/ 하나 되는"!(「우중유감—다시, 고향에서」)

그래서 탄식한다.

> 아
>
> 나는,
>
>
> 잘못 살았구나!
>
> —「우중유감—다시, 고향에서」 부분

시인은 사상가다. 또 이론가다. 단순한 감흥이 아닌 것이다. 그래서 「무제」가 나온다.

> 추운 겨울입니다.
>
> 혼자,
>
> 빈 들판을 걸어갑니다.
>
> 그뿐입니다.
>
> —「무제」 전문

어려울 것이다. 이 미친 시절에 혼자서 그 길을 가는 것!

그래서 「독작 1—새벽 주막」이 나온다.

사람들 남기고 간 세월을 혼자 기울이는
이 쓸쓸한 날의,

호젓한
그리움.

—「독작 1—새벽 주막」 부분

그러나!
그러나 역시 이렇다.

찬술로 지새운
쓸쓸한
신새벽,

혼자,
집으로 돌아온다.

—「귀소 1」 부분

그렇다!
마고의 길은 결국 '집으로 돌아가는 길'이다!
그 길이 곧 이 시인의 '진양조'요 '대원암'이다. '공연학'이고 '정읍학'이요 '판소리'다.

비록 그 길이 '첫눈'이 내리는 '구멍'이라고 해도, '아미'를 그리듯 멀리 있는 '당신'을 그리듯, 늘 '춘신(春信)'인 것이다.

놀랍다. 두 번!

그의 학문에 놀라고, 또 시에 놀란다.

아아,

그래 기다리겠다.

그의 삶 전체에 크게 다시금 놀라는 날을!

차례

제2부 숲에서 아미에게

제3부 혼자, 세상을 사랑하다

제4부 다시, 벗을 숲으로 부르다

제5부 숲에서, 세상을 노래하다

제6부 회향의 노래

해설

제1부 숲에 살다

안부 1

오월
화창한 날,

남쪽으로 열어 둔
허름한 창으로,

곤줄박이 한 쌍 날아들어 와,
시렁 끝에 조촐한 집을 짓습니다.

새 식구가
둘, 늘었습니다.

전 잘 있습니다.
그럼,

안녕.

엽서 1
—춘신

산책길

낙엽 고인 샘물은 아직 따스하다.

묵정밭

달래 싹은 아직 일러 보이질 않고,

신발 가에 밟히우는

봇도랑가, 참새 부리 같은 쑥부쟁이들,

안개 자욱한 숲 속

서리 녹은 풀섶 작은 숨구멍들 속에서,

이제 막 깨어난 꽃뱀들이

까아만 눈들을 빠안히 뜨고,

유심히,

세상을 내어다 본다.

숲에서 당신을 보다

고요한 숲 속
물가,

늘, 혼자 있는
집 하나,

어린 갯버들나무
이파리,

밤비로 불어난
여울물에 닿아,

아슬아슬
자지러지는 봄날 아침,

반쯤 열린
방문,

구름머리 곤히 잠든
당신,

고요한
세상,

물소리.

야단법석
—박새

요즘은,
박새와 인연입니다.

산책을 나가도 뒤따라오고
오두막 근처까지 나를 따라와,
창가, 불 꺼진 난로 굴뚝 끝에 앉아 놉니다.

봄비가
촉촉이 내린
아침,

햇볕 쬐러 나와
마당가에 혼자 오똑이 쭝그리고 앉아 있노라면,

빗물 고인 내 발자욱에
포르르, 포르르, 날아 내려와,
날며, 뒹굴며, 야단법석입니다.

세상엔,
박새가 삽니다.

박새
옆엔,
나도 삽니다.

풍경 1

해거름
오솔길,

하루 일 마치고
혼자,

호미 들고
혼자,
집으로 돌아가는 사람,

숲과 하나 된,
편안한

뒷모습.

구멍 1

높다란 고목
중동,
빈 구멍
하나,
맑게 갠 어느 초여름 날
실바람 결,
동박새 식구들
깨웃음
소리

굴참나무 소식

—3학년 1반, 최연실 선생님께

산책길에 늘 바라보고, 또 가끔씩은 사람들 몰래 혼자 가만히 보듬아 보는, 이 아람드리 굴참나무가, 오늘은 참으로, 참으로 의젓하고 대견스럽습니다, 선생님.

나무를 노래하다
—막스 피카르트[●]에게

스스로
말을 버리고,

누군가로 말하게 하는
당신,

말이 울부짖는 폭풍이 되어
뿌릴 송두리째 뒤흔들어도,

마침내 뿌리 뽑혀
땅에 누워도,

끝끝내, 침묵으로
살아 있는
당신.

●막스 피카르트: 『침묵의 세계』라는 책을 쓴 신부. 그는 이 책에서 '침묵'에 관한 깊고도 감동적인 성찰을 보여 주고 있다.

강아지풀 1

기인 장마 지나간
초가을 언덕,

비바람 견딘
강아지풀 하나,

온몸 가득,
잔뜩 씨앗들을 품은 채,

서늘한
건들바람에,

힘차게,
힘차게,

흔들리고 있습니다.

처서 무렵
—릴케에게

호박
한 덩이,

초가을
햇볕에 닿아,

서서히
잎줄기들을 버리고,

펑퍼짐하게 자리 잡은 푸짐한 몸속으로,
포로소롬한 그 씨앗들 속으로,

세상의 기쁨을
서서히,

안으로
안으로,

거두기 시작한다.

풍경 2
—초가을

앞산 산자락, 여름내 무성한 숲에 가리어 보이지 않던 무덤도 하나, 오늘은 나뭇잎들 사이로 사알짝 드러나 보입니다. 무덤 아래 넓은 호박밭엔, 여름 내내 무성하던 호박 넝쿨 사이사이로, 둥글둥글 누런 호박 덩이들이, 실팍히도, 실팍히도, 나뒹굴고 있습니다.

행복 1
—까치

가을 아침
높다란 은행나무 가지 끝
까치 한 마리,
마악 아침 식사를 마치고
한가로이,
제 죽지에 부리를 닦고 있습니다.

행복 2
—대추

산책길, 얼마 남지 않은 가을 햇볕으로 익을 대로 익은 붉은 대추 한 알 주웠습니다. 천지의 양기를 한껏 머금은 이 대추 살 알뜰히 발라먹고는, 단단히도 잘 여문 그 대추 씨를, 양지바른 언덕 낙엽 더미 속에 가만히 묻었습니다. 어느 맑은 가을날, 이 씨알 하나가 새로이 이루어 낼 그 찬란할 세상을 위해

행복 3
—지렁이

아침 숲,
길 잃은 지렁이 한 마리
길 가운데 나뒹굴고 있습니다.
모른 체하고 지나치다
되돌아와,
흙가루를 잔뜩 묻힌 절망을,
물안개로 촉촉한 낙엽 더미 속에
넣어 주었습니다.
그 무모한 알몸을
제자리로 되돌려 보낸 안도로,
오늘 아침 발걸음은
한결, 홀가분합니다.

오해
—남현에게

호숫가
산책길,

국수나무 숲 덤불 속
인기척에 놀란 뱁새들이,

포르르, 포르르, 떼 지어 날아갑니다.

다시
고요해진
숲 속,

잠시나마,
서로 오해가 있었다면 어쩌나,
걱정입니다.

나무들은
그저,
묵묵부답,

지는
잎들만,
고요를 더합니다.

죄

숲 속 오솔길 길가에 떨어진 밤 한 톨 까먹으려다가, 한껏 독해진 밤송이 가시에, 오른쪽 손가락을 혹독하게 찔리었습니다. 무심코 남의 생명을 탐낸 죄가 아프게, 아프게 온몸으로 짜르르 번집니다.

오작교

인기척 없는 조용한 숲 속, 낙엽 더미를 헤치고 앉아 혼자 똥을 눈다. 외로운 풀 나무와 짐승들 사이, 물과 공기와 햇볕 사이, 아득한 별나라 견우와 직녀 사이, 머나먼 그대와 나 사이, 맑고 푸른 은하수 사랑의 다리를 놓기 위해, 우리들의 따뜻한 화해와 관계를 위해, 우리의 삶이 자연의 일부가, 우리의 삶이 더 큰 삶의 일부가 되기 위해

구멍 2

구멍 하나 뚫린 가슴으로
보는,

숲 속 시냇가 흙 절벽
돌아간 물총새 빈 구멍, 하나

가을바람 일어
내 빈 가슴을 추억이 어루만지듯,

붉은 낙엽
하나,

그 구멍 가에
앉네.

소식

나비 한 마리,

날개를

접었습니다.

참,

화사한 날개로,

꽃밭 근처에

살았거든요.

그냥,

전해 드리고 싶었습니다.

혼자,

붉은 해가 지고 있습니다.

상처 이후
—누님에게

늘 무심히 지나치던 길가, 지나다니는 사람들이 약에 쓴다며 겉살을 마구 벗겨 가, 속살까지 허옇게 드러났던 느릅나무, 오늘 문득 다시 보니, 다 나았어요. 정말 다 나았어요. 이제는 더 이상 깎일 데가 없어, 이젠 다 나았어요.

귀향

한 사람이 돌아왔다.
그를 위해 숲은,
오랫동안 감추었던
붉은 속살을 열어 주며,
깊은 한숨을 내쉬인다.
꽃이 뿌려지고,
천광(穿壙)이 닫히고,
숲은, 또
외로운 식구 하나를 더 늘린다.

그리움

나는
언제나,

저
붉은 흙과,

하나가
되나.

지령(地靈)

들깨 향 나는
숲길,

겨울로 건너가는
이 스산한
길목,

이제 막, 지나간
두더지 길,

땅은 아직
살아,

서릿발 밑에
아직,

그대가
살아,

선
—야나기 무네요시[•]에게

적막강산
한겨울,

입성을랑
몽땅 다 벗어 버리고,

가랑이 밑에까지
푸른 하늘 끌어들인,

저 아스라한 겨울 산
능선,

벌거벗은 나목들의,
적나라한
고독.

•야나기 무네요시(柳宗悅): 일제강점기에, 우리나라 조선 예술에 감동하여, 조선식 아름다움의 특징을 '선(線)의 미'라 말한 일본 학자.

다자미 마을[•]

모든 것이 멈춘 자리,
드문드문 흩날리는 눈발 사이로
잠시,
희미하게 빛나는 앞산 능선들,
다자미 마을에 겨울이 왔다.
겨울 철새들도 돌아왔다.
그리고, 오랜만에 사람들이 왔다.
모든 것이 멈춘 이 자리,
저녁 미명이 사라지기 전,
마을에 잠시 피어오르는
연기,
누군가 잠시 움직이는
설레임,
다시, 눈발,
당신이 떠난 이 쓸쓸한 자리,
고요함만이 남은
이 자리.

•다자미(多滋味) 마을: 전북 완주군 동상면 수만리 근처 깊은 산중 골짜기 속에 숨어 있다.

오두막 뜰, 꽃타령
—엇모리•

이른 봄 눈 속 복수초 꽃 진 오두막 뜰 댓돌 아래 영춘화 꽃 이울면 바위 틈 작은 수선화 꽃 함께 청매 꽃 향기 따라 산수유 꽃 따라 마당가 민들레 꽃 따라 붉은 동백 꽃 진 언저리 숲 진달래 철쭉 개불알 꽃 양지바른 무덤가 할미 꽃 근처 응달 숲 속 붉은 꽃심 태백산 함박 꽃 지고 나면 골짜기 바윗가 또 새하얀 소복 산딸나무 꽃 이운 끝 물가 여름 물봉숭아 꽃 시들어 지면 산자락 밭둑길 노오란 감국 바스라져 겨울 눈 꽃 지고 나면 아득한 저승 하늘 다시 그리울 조앙사 우담바라 꽃, 목관 위로 뿌려질 붉은 황토 꽃

•엇모리: 전라도 판소리 장단 중에서, '뒤뚱거리는 듯한 느낌'을 주는 혼소박 4박자 장단.

제2부 숲에서 아미에게

고드름
—해동

언
슬픔들,

낙숫물로
녹아내리는 날,

해동
조선,
쓸쓸한 날.

녹아내리는 슬픔들
보며,

행복할 날,

당신이 돌아올
그날,

먼
훗날.

춘설
—아미

입춘
무렵,

참대 숲 너머,
붉은 황토 언덕에 흩날리는

몇 송이
눈발,

개어 오는 서편 하늘
햇볕,

늘 흔적도 없이
사라지는
당신,

늘
순간뿐인,

이쁘디 이쁜,

당신.

여시불●

봄날,

우리 가슴 산천에
붙는 불,

보이지 않았어라.

그리움만
남기고,

우리 가슴
모두
다,

태우고 말았어라.

●여시불: 여우불. 전라도에서, 봄날 아지랑이 속에서 눈에 보이지 않게 산천에 번지는 불을 가리키는 말.

이별
—노장 산유화조[●]로

전라 충청 양도,
굽이치는 금강 가, 애끓는 곰개[●●] 나루,

노장 산유화조로,
흥록[●●●]이가 운다.

가지 마라, 가지 마라, 맹렬[●●●●]아아아아,
맹렬아 가지 마라, 가지 말어라아아아아아아아아,

마침내 그 흐느낌은
붉은 진양조가 되어,
이윽고, 맹렬이가 돌아온다.

아직, 흥록이 소리처럼 파겁지 못한
어쭙잖은 내 산유화조 앞에서,
기어이,
당신은 떠나간다.

당신이 돌아올
그날까지,

아직도 나는 날마다,
노장 산유화조로 운다.

마침내
이 슬픈 내 노래가,

당신의 발걸음 돌이킬,
진계면***** 진양조가 될
그날까지.

•노장(老杖) 산유화조(山有花調): 늙고 늙은 상늙은이 노인이 부르는 전라도화된 구슬픈 메나리조 소리.
••곰개: 한자로는 웅포(熊浦)라 부른다. 충남 강경과 전북 군산 사이에 있는, 전북 익산시 웅포면 금강 가의 포구 마을. 판소리계의 최고 소리꾼 '가왕' 송홍록이 태어난 곳으로, 이곳 남쪽 함라산 자락 장구봉 남사면 공동묘지에 송홍록의 쓸쓸한 무연고 묘지가 있다.
•••송홍록(宋興祿): 판소리계에서 '가왕(歌王)'이란 칭호를 부여받은 최고 소리꾼. 신화적인 명창. 가장 느리고 구슬픈 24박의 진양조 소리를 완성한 사람. 그의 고향은 옛 금강 가 웅포 나루인데, 그의 잦은 소리 공연 출타로 인하여, 그가 평생 사랑한 경상도 대구 여인 '맹렬'이가 그를 버리고 떠나려 하자, 구슬픈 전라도 노장 산유화조로 소리를 하고, 그래도 그녀가 떠나려 하자, 다시 그것을 더 깊고 절절한 24박의 진양조로 개창하여 부르니, 그녀가 가던 길을 돌이켜 다시 돌아왔다 한다.
••••맹렬(孟烈): 가왕 송홍록이 평생을 사랑한 여자.
•••••진계면(眞界面): 계면조 중에서 가장 깊고 처절한 계면조. 계면조는 판소리 창조 중에서 깊은 슬픔을 자아내는 창조를 가리킨다.

이별 이후
—다시, 아미에게

흐린 날도,
햇볕이 구름 곁에 있듯이,

이 기나긴 이별 속에서도
내 곁에, 늘, 당신이 있는 줄을 압니다.

구름이 있음으로 해서,
저 어린 풀과 나무들이
아직도,

간절한 그리움을 잃지 않고, 하늘과 더불어
사는 줄을
압니다.

늘, 내 곁에 있는 당신,
그럼,

안녕.

빙산

추워야만 살 수 있는 당신,
아주 추워선
살 수 없는 나,
당신의 사랑이 나를 얼릴까,
나의 사랑이 당신을 녹일까,
이 망설임과 안타까움
사이에,
우리의 기막힌
사랑이
있습니다.

엽서 2

굴참나무
숲 속
작은 오두막,

새벽바람이
잠시,
잠든 풀들을 깨웁니다.

기인
한숨,

숲길 저 끝 쪽 시냇가로부터
뽀얀 안개가 피어올라,

미명(微明) 속에 잠시,
당신이 돌아올 길을 지우는 것을

혼자,
바라보고 있습니다.

우리가
세월이 되어 가는 것을,

물끄러미,
물끄러미,

바라보고 있습니다.

야미도•

—다시, 아미에게

당신의 바다,

야미도에 갔었지요.

바닷물이 섬 기슭 축대를 넘쳐,

내게로 밀려왔지요.

흰 고양이 한 마리, 내 뒤를 따라오며,

더 머얼리는 가지 말라고,

"야옹 야아옹"하고 불렀어요.

고양이를 한참 쓰다듬어 주는 동안,

바닷물 한 자락이 넘실,

다시, 내 곁으로 밀려들어 왔어요.

내 뒤를 따라오는 고양이를 두고,

나는 '안녕'이라고 말했지요.

몇 걸음 걷다, 다시 뒤돌아보았을 때,

거기엔 아무도 없고,

그것이 당신 곁이었는 줄을

그제야, 알았습니다.

•야미도: 군산 앞바다, 고군산열도의 무녀도 근처에 있는 섬.

뭇국

늦가을
해거름,

혼자, 뭇국을 끓여 놓고,

땅거미로 지워지는 숲길을 바래며,
당신이 돌아오기를
기다립니다.

이 스산한
만추,

저 혼자,
텅 빈
채,

저무는
날.

좋은 날

아무것도
하기 싫어,

“아무것도
하기 싫다” 생각하는 날,

문득
오두막을 나와,

아무것도 하지 않고
그저
혼자,

하염없이 숲길을 걷는 날,

햇볕이
사뭇 좋은 날,

그렇게, 그렇게도,
당신이,

밉고도 그리운
날.

달개비꽃
—그대를 만나다

달개비꽃
푸른 눈동자,

오오랜 이별 끝에
다시 보는,

그대,
꼭두서니, 해맑은 눈동자,

호숫가엔
아스라한 잔주름
풀밭,

다시 보면,
가을 하늘 가물히 개인

그대,
청도라지 꽃빛 눈동자,

기나긴 흐느낌과 출렁임을 지나,

이젠, 아주,
고요해진,

멀고도
아득한,

그대,
별빛 눈동자.

엽서 3
—공산명월

바람이 차군요.

혼자 들어서는
사립문 위에 달입니다.

고양이처럼
녀석은 내 뒤를 살금살금 밟아 와,

내가 혼곤히 잠들 때까지,
늘 머리맡에 머물곤 하지요.

새벽녘 뒷간에 가다 보면,
녀석은 다시, 지붕 위로 올라가,

혼자,

잠든 적막강산을
멀리도
비치곤 합니다.

당신이 잠든
아득한 그곳까지,

길 잃은
꿈길,

소금 빛으로
푸르게, 이어 주곤 합니다.

월행

—소월조

비인
달밤,

하염없이 혼자,
숲길을
갑니다.

바스라지는
세월,
바스라지는
낙엽들,

"길 위엔
달빛
달빛이,
백주(白晝)와 지지 않게 밝습니다.

초조하지 말자고,
초조하지 말자고,"*

저 달빛
가슴 저미어,

그렇게
또,

당신이 그립습니다.

●시인 김소월이 그의 평생 스승이었던 안서 김억에게 보낸 편지의 일부.

강설 1
—첫눈

잠시 설레는
바람,

잠시 설레는
굴뚝
저녁연기,

잠시 설레는,
헛간
시래기 타래,

늘 당신을 향해
귀를 쫑긋 세우곤 하는,

오두막 문풍지의
기인,
흐느낌.

강설 2

당신이
비운 세상,

눈이 나린다.

당신이
비운 가슴,

눈이 나린다.

이 하염없는
설레임으로,

이윽고 세상은
다,

당신이 된다.

강설 3
—싸락눈

눈이 온다.

깍쟁이[•]로
잠시,

이젠
아주 조금,

내가
그리울 수 있을 만큼,

이젠 아주
조금,

내 가난한
마음
속,

몇 알갱이,

잠시 곡기를 느낄 만큼,

지금
이곳,

당신이
없는

곳.

•깍쟁이: 전라도에서 사용하는 아주 작은 종지.

물배

당신 생각에
온밤을 지새운 날은,
아무것도 필요 없어요.
혼자,
우두커니 샘가에 앉아
당신 얼굴이
눈앞에 아주 또렷해질 때까지,
물배로
온종일 사는 것밖엔.

제3부 혼자, 세상을 사랑하다

아침 점등

혼자 사는
집,
출근하는 아침,

불을 끄고 문을 닫으려다
다시,
불을 켜 둔다.

혼자 남을
비인
방,

혼자 남아,
제 빈 가슴에 의지해야 할
독거가,

너무,
쓸쓸해 보여.

귀소 1

혼자
헤매이다,

주인 없이
혼자
따스할,

주인 없이
혼자
텅 비어 있을,

두고 온 그 가슴
그리워,

찬술로 지새운
쓸쓸한
신새벽,

혼자,
집으로 돌아온다.

독작 1
—새벽 주막

사람들이
모두,

제자리로
돌아가고,

아직도
돌아가지 못한 채,

여기
남아,

사람들 남기고 간 세월을 혼자 기울이는
이 쓸쓸한 날의,

호젓한
그리움.

독작 2

모든 것
다
내려놓은
뒤,

설창(雪窓)을 빗겨 드는
쓸쓸한
겨울 햇볕,

병 나은 듯
허전한,
동지의 겨울 햇볕,

흩어진 책들
먼지 앉은 남루(襤褸) 위로,

잠시 비쳐 드는
그대 아득한 사랑,

문득 손이 간

빈 술잔 위로,

잠시 넘쳐나는
금빛
설레임.

행복 4

암병동
독방,
텅 빈 오후,

누군가 두고 간,
이 자잘한
포도 한 송이,

저승길같이
마알간,

청포도 한 송이,

혼자
물끄러미 바라보는

하루,

낙화유수

—떠돌이의 노래

이 강산
삼천리, 낙화유수,

이 강산
삼천리, 두루 흐르다,

외따른 개여울,
휘도는
물가,

흐느끼며, 소리치며
아우성치다,

이 강산
삼천리, 두루 흐르며,

이 강산
삼천리, 낙화유수,

무차를 마시며

아무것도
아닌
것,

그
아무것도 아닌 것의
물을
마시며,

오늘은,

아무것도 아닌
나를,

곰곰 생각는다.

세모의 노래

선달그믐, 불 밝히고
함박눈 온다.

아득히 높아진
반백(半白)의
추녀 끝,

흐트러진 머리 위로,
함박눈 온다.

조금은
낙낙해진,

조금은
편안해진,

내 낡은 지붕 위로
함박눈
온다.

별의 노래

이순(耳順)
빈 하늘,
먹감나무 한 가지 끝,

아득히
걸린,
푸른 별 하나,

세상이
아주
고요해지기 전,

마지막 남은
푸른 꿈
하나,

끝끝내
끝끝내,
되돌리지 못한,

머나 먼
그대,

반짝임
하나.

강아지풀 3

한겨울
빈 언덕,

강아지풀
혼자,
서 있습니다.

온몸 가득 지녔던
기쁜, 씨앗들,

미련 없이
모두
다,
떨군 채로,

겨울바람을 온몸으로 흔들고 있습니다.

죽어서도
아직,

꼿꼿이
살아.

무제

추운 겨울입니다.
혼자,
빈 들판을 걸어갑니다.
그뿐입니다.

뒷짐

오늘은
그저,
하염없이 걷고 싶어라.
허름한 내 입성 입은 그대로,
허름한 이 마음 이냥 이대로,
뒷짐 지고 마냥,
걷고 싶어라.
어디든 너무, 가까이 다가가진 말고
보일 수 있을 만큼은 좀 떨어져서,
잠시 세상을 기웃거리며,
아직도 마음은 그대를 향한 채로,
오늘은 내 몸이 가자는 대로
뒷짐 지고 하염없이
걷고 싶어라.

제4부 다시, 벗을 숲으로 부르다

우중유감
—다시, 고향에서

비
오시는 날,

비 맞으며
혼자,

들길로 나가는
사람,

들길로 나가 천지와
하나 되는
사람,

아
나는,

잘못 살았구나!

친전
—상춘곡조•로 벗을 부르다

모도 다 심고,

방도 다 때우고,

새순 돋는 앞산 자락, 산 그리메 다가와

마을 안에 푸른 이내 그득하니,

햇마늘 풋고추 묵은 된장 찍어,

새 채로 걸러낸

탁배기나

한 사발,

•「상춘곡(賞春曲)」: 조선조 초기 정읍 사람 불우헌 정극인(1401-81)이 지은 우리나라 최초의 가사 작품.

빨래를 널며

—영달에게

시냇물에 헹궈 낸
옷가지 하나,

오래도록 함께
세상을 견뎌 온 것,

그래도
아직,

포로소롬한 빛깔만은
남아,

다시 깃을 세워
횃대에 널어 본다.

조금만 더
같이 살을 부대끼며,

세상을
견뎌 보자고.

이메일

—화수에게

장마 뒤,

맑아 오는 시냇가

상류,

흔들리는 물풀 속

은빛 피라미 새끼들,

모랫바닥

마알간 기름종개 새끼들,

함께,

보러 가자

우리.

전주 소식

—홍관에게

지난봄,

몸통만 남고

가지를 몽땅 잘리웠던 아람드리 버드나무가

다시,

맑은 가을 하늘 아래,

부드러운 새 가지들을 하늘거리며 서 있습니다.

커다란 전기톱을 든 사람들이,

쇠사다리를 놓고,

버드나무 위로 당당히 올라갑니다.

가지들은 일제히 춤들을 멈추고,

가을 하늘보다 더 짙푸른 몸서리로

다시,

달려드는 톱니들을 맞이합니다.

명년 봄날, 새로 돋을

새 생명을

위해

따스한 온도

—중진이 형

한 달에
두어 번,
함께 술을 마시던 사람,
어젠, 인문대 건물 현관에서,
무심히,
마지막으로 스쳤던 사람,
술이 거나해지면,
나도 모르게 '형님'이란 소리가
저절로 불려 나오던 몇 안 되던 사람,
일요일 아침,
다급한 전화를 받고 달려간
영동병원 영안실,
'형님'하고 잡아 본 발뒤꿈치의
따스한 온도가,

잠시,

이승과 저승을
간절히, 잇는다.

제5부 숲에서, 세상을 노래하다

참새를 부르다
—동요조

낙숫물 듣는
초가집 처마 끝,

오종종 내려오던
배고픈 아이들.

마당가
봄볕은 올해도 따스한데,

무얼 먹다 죽어
오늘도 너는,

짹짹짹 짹짹짹
나오질 않나.

어디서 너는
지독한 사랑으로,

짹짹짹 짹짹짹
노래하질 않나.

뚱딴지꽃●

웬
뚱딴지같은 소리냐고,

세상의 중심에서
밀려, 밀려,

울타리 가, 밭둑가,
사금파리 돌무덤 가,

잊혀진 변두리,
쓸쓸한 적소(謫所)에서,

푸른 정수리에
태양을 달아 보는,

오,

인디오같이
수줍게
웃는,

그대.

•뚱딴지: 돼지감자·뚝감자·국우라고도 함. 주로 후미진 밭둑이나 사금파리 무덤 같은 곳에 자생한다. 초가을에 작은 해바라기꽃 모양의 진노랑 꽃이 꽃대 끝에 한 송이씩 핀다. 예로부터, 어처구니없고 무관하고 무뚝뚝한 것을 '뚱딴지같다'고 할 정도로, 우리의 삶의 중심에서 변두리로 멀리 밀려나 소외된 것들을 가리키는 데에 이것을 비유적으로 사용해 왔다.

상사화●

팔월 중순 남은 장맛비,
비 갠 뜨락에 입추의 건들바람,
건들바람 끝에서 끈적이는 말복 더위,
말복 더위 끝 서늘한 마당 가,
뻗치우던 그리움들 다 스러진
자리,
비로소 피어나는
순조선
사랑.

●상사화(相思花): 이른 봄 일찍 잎만이 피고, 그 이파리들이 다 진 후 초가을에 일찍 꽃대를 피워 올려, 이파리들과 꽃숭어리들이 서로 만나지를 못해, 예로부터 이승에서는 이루어질 수 없는 사랑을 그리는 꽃으로 노래되어 왔다.

인당수 길, 이중주

—토끼의 노래●

이제는 보여요.

그대를 팔아먹은 아버지와

남경 장사꾼들과,

내가 걸어 들어갔던 인당수 푸른 물길도,

그 막막하기만 하던 두려움과

어두운 용궁 속 거친 욕망들도,

한 송이 연꽃도,

연꽃 속에서 다시 살아 나온다는

가련한 그대, 청이도,

몸이 마음보다 더 가벼워진

이제는,

●토끼의 노래: 판소리 「수궁가」에서, 자라의 꼬임에 넘어가 용궁으로 잡혀갔다가, 온갖 죽을 고비들을 다 겪어 넘기고 구사일생으로 살아 나온 토끼, 곧 우리나라 백성의 노래로 전한다.

어떤 장례식
—법정 다비식 날

안하무인 포클레인이
단칼로,
늙은 소나무 밑둥들을 사정없이 내려찍습니다.
오래도록 묵상하던 숲 속의 은자들이,
짤막한 법어를 남기며,
적막강산에 절명합니다.
뜻하지 않은 열반에 놀란 진달래꽃들이,
일제히, 분홍빛 연등들을 밝히며,
마지막 은자들의
쓸쓸한,
열반 다비를 거행합니다.

마지막 향기
—고가를 지나며

출근하는 길가
헐리는 옛집,
집채만 한 포클레인이
백 년도 넘었을 향나무 고목을
단숨에 무참히 내려찍고 있습니다.
주위는,
쓰러진 향나무 향기로 낭자하군요.
나도, 이렇게 황당한 마지막엔,
저리도 짙푸른
향기일 수 있을까요.

오래된 무덤가에서

—제국의 그늘

잔디는 참 대단하다. 특히, 가문 날에는 더욱 그렇다. 오랜 가뭄으로 모든 풀들이 다 말라비틀어질 때에도, 잔디는 저희들끼리 손을 잡고, 긴 가뭄이 끝나고 비가 내릴 때까지, 끝끝내 끝끝내 서로를 부추기며 잘도 견딘다. 심지어, 거의 다 죽었는가 싶다가도, 비만 몇 줄기 내리면 또 화들짝 살아나서, 언제 그랬냐 싶게 다시 손들을 맞잡고 희희낙락(喜喜樂樂)이다. 그래도 세상을 끝끝내 푸르게 할 수 있는 것은 오직 자기들뿐이라고, 벌판 가득 푸르름을 자랑한다.

그러나 이들은 또 자기들과 좀 다른 친구들은 별로 좋아하지를 않는다. 그래서 혹시 누가 와서 같이 좀 살자고 하면, 서로 똘똘 뭉쳐서 끝끝내 끝끝내 말리고 조이고 비틀어, 목을 졸라 죽이고 만다. 해서, 아주 무심한 바윗돌이나 이들보다 뿌리가 깊은 할미꽃 말고는, 이들 곁에서 버틸 재간이 있는 것들은 거의 없다.

그래서, 이들은, 뿌리 깊어 끈질긴 칡넌출이나, 훤출한 소나무 잣나무 참나무나, 끈질긴 걸로 말하면 타의 추종을 불허하는 대나무 같은 친구들을 제일 질색으로 싫어한다. 그런 친구들한테 한번 잘못 걸려들기만 하면, 몇 년을 못 버티고 속수무책으로 끝장이기 때문이다.

자기들끼리만 그렇게 희희낙락(喜喜樂樂) 즐겁게 어울려

살다 보니, 이들은 땅속 깊이 뿌리를 내리지 않아도 될 줄로 안다. 그러다 보니, 뿌리를 땅속 깊이 내려, 기나긴 여름 장마에 무너질 산자락과 언덕배기들을 붙들어 줄 줄도 모르고, 서늘한 그늘을 드리워, 먼 여행길에 지친 나그네들을 쉬게 해 줄 줄도 모르고, 낙엽을 지워 제 땅을 기름지고 윤택하게 할 줄도 모르고, 그저 겉으로만 겉으로만 뻗어 나가, 남들을 다 죽이고 자기들끼리만 어떻게든 잘살아 보겠다고, 굳게굳게 작심들을 한다.

그러나, 기인 장마철 비 오시는 날, 비탈진 산자락이나 언덕배기에선 맥없이 힘마대기 없이 와르르 무너지고, 뿌리 깊은 소나무 대나무들에게 걸리면 머지않아 끝장나기가 일쑤다. 지금, 내 앞에 있는, 이 나라 삼천리금수강산 숲 속에 놓인, 저 오래된 무덤이 내게, 실증으로 여실히 똑똑히 보여 주고 있다.

안부 2

이른 새벽, 골목 안 고요를 헤치고,
젊은 오토바이 하나, 세상으로 달려 나갑니다.
오늘도 제 삶을,
저 무지한 소음과 아찔한 속도에 의지해야 할,
한 사람의 화급한 하루해가 떠오릅니다.

풍경 3
—균형

다가동
좁은 골목길,
감나무가 한 그루 서 있습니다.

골목, 사이사이,
올망졸망 늘어선 집들이,

이 한 그루
생명으로 하여,

아슬아슬,
균형을 이루고 있습니다.

장날
—행운집

장날,

몇 사람이
장터, 국숫집에 든다.

묵묵히,
누가 갔다는 말,

막걸리
한 사발씩이다.

누가 또 아프다는 말,
누가, 또, 갈 거라는 말,

누군가
두 사발째다.

잠시 뒤,
그들도 가고,
나도 자리를 뜬다.

임실군 강진면 갈담리
허름한
장터,

이름도 좋은
행운집.

마고[●]

—행상

해 질 무렵,

길가에 앉았던 마고 할머니,

땅거미 따라,

남은 채소 몇 바구니

짐을 챙기고,

편안히 쉴

시골집 따스한 아랫목으로,

다시 돌아간다.

허리를 펴고,

다시 신인(神人)이 되기

위해.

●마고(麻姑): 우리 민족의 고대 신화에 나오는, 가장 오래되고 가장 위대한 여신.

귀소 2

산자락
해묵은 밭때기 옆에

늙은이 하나,
혼자 앉아 쉰다.

밭둑이 끝난 자리
노을이 지고,

노곤한 몸을
골짜기 쪽으로 돌이켜,

이윽고 그는,
깊은 산그늘 속으로 접어든다.

세상에
어둠이 내리고,

이제 그는, 다시
세상으로 돌아오지 않는다.

나눔
—송금리 햇볕

눈 오다 갠
고샅길 담장 가,

동네 가난들
오종종 모여,

함께 나누는
따사한 겨울 햇볕.

탱자나무 울타리 가
배곯은 참새들도,

가난들 쬐고 남은
따사한 겨울 햇볕.

하루해 기우는
그늘진 건넛마을,

오래도록 남아 있는,
송금리

겨울
햇볕.

어느 날
—짜장면

겨울비 내리는
동네 짜장면 집,

한 사람이
늘, 여기에 앉아 있었다.

없다.

빈
그 자리 곁에서,

배가 고파
혼자,

서둘러, 짜장면을 먹는다.

별

—직녀에게

이 땅엔 아픔이
참 많아요.

모두가,
별, 뿐이어요.

오랜
기다림으로,

더 이상 하늘 높이, 반짝이긴 힘들어,

날개옷 접고,
이 땅에

내려와.

기접놀이[*]

—전주 풍류

흙이 논다,

땅이 논다,

함대흙, 용산흙, 비아흙, 정동흙, 산정흙, 계룡흙,[**]

땅이 돈다,

흙이 돈다,

용기 농기 영기 높이높이 치켜들고,

흙으로 살아온 견훤 고을 사람들,

이제는 땅이 다 된 온고을[***] 풍류들,

칠월 백중 한껏 솟아오른 뙤약볕 아래,

웅맥깽 웅맥깽 갠므갠므 갱맥갱,

삼한 이래 울려온 풍물굿 신명으로

천군(天君) 이래 오천 년 스러져 온 대풍류(大風流)로,

한 맺힌 온고을 붉은 흙덩이들,

부서질 듯 일어서서 몸서리를 돈다.

무왕(武王)도, 계백(階伯)도, 견훤(甄萱)도, 정여립(鄭汝笠)도,

이삼만(李三晩), 권삼득(權三得), 전봉준(全奉準), 강증산(姜甑山)까지,

조화정(造化定), 조화정(造化定),

시천주(侍天主) 조화정(造化定),[****]

훔리치야(吽哩哆耶) 훔리치야(吽哩哆耶) 훔리함리(吽哩喊哩)

사바하(娑婆訶),[●●●●●]
　흙처럼 흐느끼며
　땅이 돈다,
　흙이 돈다,
　땅이 논다,
　흙이 논다,
　땅과 함께 하늘이,
　하늘과 함께 우주가,
　솟대를 세우고
　솟대로
　돈다.

●기접(旗接)놀이: 전북 전주시 삼천동 일대의 여러 마을 사람들이 해마다 칠월 백중날 놀아 오는, 아주 오래된 마한 고을의 솟대놀이 대동굿 축제.
●●함대·용산·비아·정동·산정·계룡: 전주시 삼천동 중인리 일대의 여러 마을의 이름.
●●●온고을: 전주.
●●●●시천주(侍天主) 조화정(造化定): 동학의 '시천주' 주문.
●●●●●훔리치야(吽哩哆耶) – 사바하(娑婆訶): 강증산이 창도한 증산교의 '훔치주문' 일부.

산타령
—귀신사● 남근석

우리
돌아갈 곳
어디,

귀신사
해우소 지나,

허름한
대웅전 지나,

산다화꽃 핀
돌계단 지나,

아람드리
해묵은 귀신사 당산,

당산에 깃들이신
큰 산신령,

산신령

뿌리 아래,

숨 깊은 곳
거기.

•귀신사(歸信寺): 전북 김제시 금산면 청도리 모악산 서북사면 산자락에 있는 절. 이 절 대웅전 뒤편 언덕에 있는 거대한 당산나무 밑에는, 이상하게도 매우 실팍한 남근석(男根石)이 하나 굳게 박혀 서 있다.

촛불
—대원암●

긴
겨울밤,

모악산
중턱 작은 절집,

한 생명이
남은 목숨을 불사릅니다.

어디선가
한 사람, 부디 따스해지라고,

오늘 밤도
나는,

이 쓸쓸한 암자
낡은 좌대 위에서,

조금
남은 몸을,

오롯이 불사릅니다.

•대원암: 전라북도 완주군 구이면 상학 마을 위쪽, 모악산 '물왕이절' 곧 수왕사 아래, 산 중턱에 있는 절. 이곳에서 증산 강일순이 큰 깨달음, 곧 '해원·상생·대동'이라는 큰 깨달음을 얻었다 함.

산유화[*]
—만물산야[**]

헛간 추녀 끝,
바람에 흔들리는 시래기 타래,
고요해진 세상
희끗희끗 흩날리는 눈발,
뭇국 끓이는 굴뚝의 연기,
탁배기 몇 순배로 오르는 취기여.
아직도 남아 있는 옛 노래 한 자락,
이 나라, 고래 적, 단군 시절부터,
백두대간 두루두루 구슬프게 울려온,
끝끝내 그리운,
끝끝내 못
잊는,

산유화,
산유화,

“지리산 가마귀 깃발 물어다 놓듯이 날 물어다 놓오쿠우
쓸쓸하안 비인 바앙 아안에 독수공바앙 어찌이 사알으라구우
나 홀로 두고오 어디를 갔나 여영가암아, 아아아—”

"일 년은 삼백육십 일 하루만 못 봐두 못 사는은 마아누라
부귀이다아남 백년동라악 사자았더니 나 홀로 두고오
어디를 갔나아 마아누우라아 아아아—"

●「산유화」: 문헌에 나오는 우리나라의 가장 오래된 노래 이름. '사뇌가·메나리·산타령·산유화·산야' 등등 매우 다양한 변이형 이름으로 불려지는, 우리나라 민요의 가장 중심에 있는 백두대간 소리이다. 함경·강원·경상·충청·전라도 일대에 두루 퍼져 전해 온다. 가왕 송흥록은 이 「산유화」를 이른바 '노장 산유화조'로 개창하고, 이것을 다시 판소리 '진양조'로 만들어, 판소리계의 '가왕'이란 칭호를 얻었다. 이 백두대간 메나리조 소리는, 전라북도의 익산·옥구·군산·김제·부안 일대에 이르러, 가장 깊고 구슬픈 메나리조 소리인 '산유화 토리'를 이룩하게 된다.

●●「만물산야」: 전라북도 익산시 삼기면 오룡리 검지 마을에 전해 오는 가장 구슬픈 청승조의 산유화. '만두레' 곧 마지막 논매기 때에 부른다. 이 노래를 들으면, 과부들이 못 견뎌 보따리를 싸고, 산천초목들이 다 마른다 하여, 고을 원님들은 처서 이전에는 이 노래를 부르지 못하게 했고, 이를 어기면 붙잡아다가 곤장을 쳤다 한다. 전라북도 익산시 삼기면 오룡리 검지 마을 박갑근 옹이 가장 구성지게 부르시던 노래이다. 박 옹은 10여 년 전에 89세를 일기로, 먼저 간 아내를 찾아, 저승으로 돌아갔다.

두승산•

꿈틀거리며
승천하는,
아홉 구비 푸른 용등

혹은
더 아스라이,

이제 막
떠오르는 크낙한 반달,

오랜 고통으로
활처럼 휘인 등줄기,

온 세상 향해
활짝 펴,

다가오는 큰 세상
힘껏 끌어안자는,

수두목승(水斗木升)

아로새긴 고부 두승산.

최치원(崔致遠), 전봉준(全琫準), 강증산(姜甑山)을 앞세우고,
물을 말질하고, 풀나무를 되질하여,
아득한 우주를 헤아려 보자는,

전라도
배들평••
평지돌출(平地突出),

우뚝 솟은
우주 배꼽•••

고부,
두승산.

•두승산(斗升山): 전북 정읍시 고부면, 이평면, 영원면 일대에 걸쳐 있는 평지돌출 형태의 명산. 이 산을 중심으로 하여, 전봉준의 동학혁명과 증산 강일순의 해원·상생·대동의 사상이 나왔다. 이 산의 동남쪽, 산 정상 바윗돌 위에는 '수두목승(水斗木升)'이란 신비한 한문 글귀가 새겨져 있다.

••배들평: 전북 정읍시 이평면을 아우르는 큰 들. 이곳에서 갑오동학농민혁명의 불길이 처음 타올랐다.

•••우주 배꼽: 예로부터 사람들은 정읍을 신이하게도 '우주의 배꼽'이라 불러왔다. 아득한 옛날 마한 시절에는 이곳에 '천군(天君)'의 수도인 '소도(蘇塗)' 곧 '솟대'가 있었으며, 삼국시대에는 이곳에서 「정읍사」라는 노래가 나와 백제시대의 유일한 노래로 지금까지 전해지고 있다. 남북국시대에는 고운 최치원이 이곳에 우리의 고유 사상인 '풍류도(風流道)'를 전해 주었고, 조선시대 초기 불우헌 정극인은 이것을 이어받아, 「상춘곡」이라는 풍류 사상의 명작을 남기었다. 그 후, 조선 중기에는 일재 이항이라는 분이 이곳에서 그 유명한 '이기일물설(理氣一物說)'을 내세워 우리나라 사상계의 아리스토텔레스가 되기도 하였으며, 그의 제자들은 건재 김천일 등을 중심으로 임진왜란에 분연히 일어나, 나라를 지키는 데에 앞장섰고, 『조선왕조실록』을 전화로부터 구하여, 우리나라 조선 오백 년 역사를 보전하기도 하였다. 또한, 조선 말기에 전봉준 등은 이곳에서 동학혁명을 일으켜, 우리나라를 근대로 전환시키는 지렛대 역할을 했으며, 유명한 「파랑새 노래」를 낳기도 하였다. 뿐만 아니라, 일제강점기에 이곳에서 태어난 증산 강일순은 '해원·상생·대동'이라고 하는 위대한 민중 사상을 내놓아, 그의 사상을 이어받은 월곡 차경석이 '보천교'를 창시, 우리 민족의 독립운동을 뒤에서 후원하기도 하였다.

제6부 회향의 노래

삶

우주의
큰,
생명나무 가지에서,
이파리 하나,
피었다,
진다.

이별

아름다운 이별이여,
당신의 붉은 살 속
깊고도 편안한 어둠 안으로
스러지기 전,
이 햇별 좋은 날,
내가 사람으로 지내던 이 세상에서,
천천히,
그리고 조금은 길게,
이제 난 더 이상은 '사람'일 수 없다고,
내 영원한 그대가, 나를 기다린다고,
이제 더 이상은 쓸 데가 없는,
아직 조금 남아 있는 쓸쓸한
내 살의 온기로,
간절히, 세상을 향해,
가느다란 내 손가락을 흔들며,
이젠,
낡은 신발과도 이별하고 싶어라.

사랑

너에게
모든 의미들을
보내고,
마침내,
내 새로운 삶이
소생한다.

유서

그땐,

당신이, 오시지 않아도
괜찮아요.

그땐
제가,

이 세상에 없는걸요.

행복 5

숲에
혼자, 가만히
있는
것.

용

하루는
아버지께서,
용을 보셨다 한다.
강원도 홍천 깊은 산속
두멧골에 사실 땐데,
아랫마을에
용이 떨어졌다 해서 가 보니,
정말 용이 떨어졌더라고.
어떻게 생겼더냐고 물으니,
그림에 나오는 그런 모양이었다고.
혼자 본 게 아니라,
작은아버지도 같이 가 보셨다고.
작은아버지는 재작년에
돌아가셨고,
아버지는 아직 정신 말짱히
살아 계신다.
누구나 언제든, 궁금하면
아버지께 여쭤 보면 된다.
용을 본,
세상의 마지막 분이 될 것 같다.

아버지의 대단함을

이제, 알았다.

증주할아버지

증조할아버지 제삿날이면, 어머님은 늘 습관처럼 말씀하신다. "그래. 느 증주할아버진 내가 검정 옷을 못 입게 허셨다." "왜요?" "맘이 검어진다구. 그리구 돌아가실 땐 글쎄, 두 무릎을 단정히 꿇으시구는, 꼿꼿이 앉아서 돌아가셨단다. 혹여, 맘이 삐뚤어지실까 봐 그러셨는갑더라. '만국활계남조선(萬國活計南朝鮮)'이니 남쪽으로 가라고 그러셨단다." 그럼, 겨울밤, 사랑방에서 들려오던 할아버지 주문 소리도 맘이 삐뚤어지실까 봐 그러신 것인가. "지기금지 원위대강 시천주 조화정 영세불망 만사지."•

•지기금지(至氣今至) 원위대강(願爲大降) 시천주(侍天主) 조화정(造化定) 영세불망(永世不忘) 만사지(萬事知): 동학의 '시천주' 주문.

재미

혼자
쓸쓸할 땐,
당신이 보내 준
오래된 된장을,
검지로 한 번씩 찍어,
혓바닥으로 살살
녹여 먹는
재미.

봄날

그리움
하나로,
살다.

어느 날

혼자 있어도,
이렇게
늘,
같이 있는
행복.

세월

텅
비다.

해설

시천주(侍天主) 혹은 공경의 생태학을 위하여

홍용희(문학평론가)

김익두의 시 세계는 맑고 나직하고 평화롭다. 그의 시선이 닿는 대상은 모두 깊은 친연성과 경이의 대상이다. 그래서 그의 시편에는 행복, 기쁨, 사랑과 같은 충일한 정감의 언어가 빈번하게 등장한다. 그렇다면, 그에게 세상이 이토록 소중하고 충만할 수 있는 배경은 무엇일까? 그것은 그의 모든 대상에 대한 겸허한 공경의 자세에서 연원한다. 그에게는 세상의 어떠한 대상도 열등하거나 부족하지 않다. 이 점은 사람은 물론이고 나무, 새, 숲 등의 자연물과 무생물에게도 동일하게 적용된다. 그래서 그의 시편에는 어디에도 권위적인 화법과 어조가 드러나지 않는다. 세상의 모든 대상이 호혜적 관계성을 지닌 생명 공동체의 구성원이다. 자신을 포함한 모든 삼라만상이 상호 연속성, 관계성, 순환성 속에서 생성되고 활성하는 우주적 주체라는 인식을 바탕으로 한다.

김익두의 이번 시집 『숲에서 사람을 보다』는 바로 이와 같은 인식을 바탕으로 하여 심원한 우주율과 공명하는 개체 생명들의 내밀한 발견, 교감, 공생의 언어와 정서들이 주조를 이룬다. 여기에서 "숲"은 자연이면서 동시에 인간 삶의 출발지이고 귀결지이며 존재 원리이다. "숲"의 삶이란 스스로 자연의 한 구성원임을 자각하고 자연에서 태어나 자연으로 돌아가는 순환 리듬에 기꺼이 순응하는 것이다. 그래서 그에게 행복이 무엇이냐고 물으면 그는 다음과 같이 간명하게 대답할 수 있게 된다. "숲에/ 혼자, 가만히/ 있는/ 것."(「행복 5」) "숲에/ 혼자, 가만히/ 있는" 것은 "우주의/ 큰,/ 생명 나무 가지에서,/ 이파리 하나"(「삶」)로 표상되는 자신의 본래의 삶을 가장 감각적으로 체험할 수 있기 때문이다.

그의 시 세계는 "우주의/ 큰,/ 생명 나뭇가지"의 하나의 "이파리"로서의 "삶"을 생활철학으로 실현하고 노래하는 것이다. 그가 이와 같은 우주 공동체적 생명의 세계관을 생활 속에 내면화할 수 있는 주된 배경은 무엇일까? 그것은 그의 죽음에 관한 체험적 인식에서부터 찾아진다.

암병동

독방,

텅 빈 오후,

누군가 두고 간,

이 자잘한
포도 한 송이,

저승길같이
마알간,

청포도 한 송이,

혼자
물끄러미 바라보는

하루,

—「행복 4」 전문

화자는 "행복"을 말하고 있지만 시적 분위기는 너무도 적요하고 쓸쓸하다. 문병객도 돌아가고 혼자 남은 "암병동/ 독방,/ 텅 빈 오후"이다. 병실에서 화자는 "자잘한/ 포도 한 송이"를 본다. 문득 "저승길"이 떠오른다. 그에게 "저승길"은 포도처럼 "마알간" 이미지로 그려진다. 이것은 화자가 이미 모든 집착과 욕망으로부터 벗어난 순백한 세계에 살고 있음을 가리킨다. 5연의 "혼자/ 물끄러미 바라보는" 것은 "자잘한/ 포도 한 송이"이면서 동시에 아득한 "저승길"이다. 그는 저승길을 보면서 "행복"감을 느끼고 있는 것이다. 텅 비어 가는 소멸의 자리에서 느끼는 충일감이다. 하이데거의 무의 지점에서 만나는 삶의 본래적 세계를 연상시킨다. 하이데거는 '무'의 지점은 일상을 규정하고 있는 모든 관계와 의미를 무화시키고 어두운 심연을 드러내어 우리를 공허하게 만들지만, 그러나 그 심연은 존재가 오롯이 말을 걸어오는 환한 세상이라고 한다. "청포도" 알처럼 "마알간" 이미지는 무의 지점에서 마주하게 되는 삶의 참모습의 투명한 반사체로 해석된다.

그렇다면 그가 이처럼 죽음까지도 포도 알처럼 "마알간" 투명한 이미지로 객관화해서 노래할 수 있는 연원은 어디에 있을까? 이러한 질문 앞에 다음과 같은 시편을 만나게 된다.

> 한 사람이 돌아왔다.
> 그를 위해 숲은,
> 오랫동안 감추었던
> 붉은 속살을 열어 주며,
> 깊은 한숨을 내쉬인다.
> 꽃이 뿌려지고,
> 천광(穿壙)이 닫히고,
> 숲은, 또
> 외로운 식구 하나를 더 늘린다.
>
> —「귀향」 전문

"저승길"이 "숲"의 "붉은 속살"로 향해 있다. "숲은,/ 오랫동안" "붉은 속살"을 "감추"어 두고 있었다. "숲"에게 인간의 죽음이란 "외로운 식구 하나를 더 늘"리는 것이다. 다시 말해, 인간의 죽음은 "숲"의 "식구"로 돌아가는 것이다. 물론 여기에서 "숲"은 자연의 제유이다. 인간은 자연에서 태어나 자연으로 돌아가는 존재라는 것, 그래서 인간은 자연의 자식이라는 시적 전언이다. 그래서 그는 "나는/ 언제나,// 저/ 붉은 흙과,// 하나가/ 되나"(「그리움」)라고 노래하기도 한다. 죽음의 과정이란 본래의 자신의 모습으로 돌아가는 것이라는 인식이다.

한편, 이와 같은 죽음이라는 실존적 근원의 문제를 통한 우주 공동체적 세계관이 일상적 생활 감각에서 드러나면 다음과 같다.

> 요즘은,
> 박새와 인연입니다.
>
> 산책을 나가도 뒤따라오고
> 오두막 근처까지 나를 따라와,
> 창가, 불 꺼진 난로 굴뚝 끝에 앉아 놉니다.
>
> (…중략…)
>
> 빗물 고인 내 발자욱에
> 포르르, 포르르, 날아 내려와,

날며, 뒹굴며, 야단법석입니다.

세상엔,

박새가 삽니다.

박새

옆엔,

나도 삽니다.

—「야단법석—박새」 부분

"박새"가 일상 속에 함께한다. 우월적 자의식이 없으면 박새는 스스로 인간에게 다가온다. 산책길이나 집 근처는 물론 "빗물 고인 내 발자욱"에까지 날아와 "야단법석"이다. 바라보는 대상으로서의 객체적 "박새"가 아니라 더불어 사는 주체로서의 "박새"이다. 특히 "세상엔,/ 박새가" 살고 "박새/ 옆엔,/ 나도" 산다는 전언에는 나의 삶보다 박새의 삶을 앞세우는 겸허와 공경의 태도가 배어 나온다. 그의 이러한 동물에 대한 공경과 연대의 정서는 "인기척에 놀란 뱁새들"에 대한 태도에서도 거듭 확인된다.

국수나무 숲 덤불 속

인기척에 놀란 뱁새들이,

포르르, 포르르, 떼 지어 날아갑니다.

다시

고요해진

숲 속,

잠시나마,

서로 오해가 있었다면 어쩌나,

걱정입니다.

—「오해—남현에게」 부분

자신의 인기척 때문에 "포르르, 포르르, 떼 지어 날아"가는 뱁새들에게서 "서로 오해가 있었다면 어쩌나" 하는 "걱정"을 한다. 인간 중심주의와 선명하게 대별되는 생물 중심주의이다.

실제로 우주의 모든 생명체는 고립된 개체가 아니라 의존적인 유기적 관계성 속에서 존재한다. 이를테면, 어떤 작은 미생물이라 할지라도 우주 생명의 그물망 속에서 생성되고 현존한다. 우주의 삼라만상이 서로 작용하고 순환하고 융섭하는 중중무진(重重無盡)의 과정 속에서 전개되는 것이다. 따라서 우주는 살아 있는 '온생명'(장회익)의 총체이다. 주변의 모든 생명체들은 각각의 개별 생명체(주생명)이면서 동시에 주변의 생명적 존재를 가능케 하는 보(補)생명들이다. 그래서 "숲"은 큰 하나의 소통, 순환, 교감의 총체이다. 사람은 물론 뭇 생명들이 모두 한 형제인 것이다. 그래서 작은 미물이라 할지라도 공경하는 것이 곧 자신을 공경하는 것이다.

다음 시편은 이러한 생명 공동체적 세계관의 내밀한 감성을 실감 있게 보여 준다.

> 흙가루를 잔뜩 묻힌 절망을,
> 물안개로 촉촉한 낙엽 더미 속에
> 넣어 주었습니다.
> 그 무모한 알몸을
> 제자리로 되돌려 보낸 안도로,
> 오늘 아침 발걸음은
> 한결, 홀가분합니다.
>
> —「행복 3—지렁이」 부분

시적 화자는 "아침 숲"에서 "흙가루를 잔뜩 묻힌" "지렁이"의 "절망"을 보고 가슴 아파한다. "지렁이"와 같은 미물에게도 깊은 동기감응(同氣感應)을 느끼고 있는 것이다. 그래서 "그 무모한 알몸을/ 제자리로 되돌려 보"내고 "안도"감을 느낀다. "오늘 아침 발걸음"이 "한결, 홀가분"하다.

이와 같은 생명에 대한 공경의 자세는 동물뿐만 아니라 식물에게도 동일하다.

> 산책길, 얼마 남지 않은 가을 햇볕으로 익을 대로 익은 붉은 대추 한 알 주웠습니다. 천지의 양기를 한껏 머금은

이 대추 살 알뜰히 발라먹고는, 단단히도 잘 여문 그 대추 씨를, 양지바른 언덕 낙엽 더미 속에 가만히 묻었습니다. 어느 맑은 가을날, 이 씨알 하나가 새로이 이루어 낼 그 찬란할 세상을 위해

—「행복 2—대추」 전문

"대추 한 알"도 가볍게 여기지 않는 겸허한 자세가 고즈넉한 어조로 드러나고 있다. "대추"의 붉은 살은 "한껏 머금은" "천지의 양기"의 산물이다. "대추"가 익기까지는 "천지의 양기"의 깊은 작용이 있었던 것이다. "대추 한 알"도 간곡한 우주적 협동의 산물이다. 그래서 "잘 여문 그 대추씨를" "낙엽 더미 속에 가만히 묻"는다. 다시 본래의 우주의 품속으로 돌려보내는 제의의 과정이다. "대추씨"는 다시 우주의 이치에 따라 "새로이" "찬란할 세상"을 "이루어 낼" 것이다. "대추 한 알"도 우주적 삶의 주체이다.

김익두는 이와 같이 생활 속에서 "우리의 삶이 자연의 일부"이며 "우리의 삶이 더 큰 삶의 일부"임을 감지하고 실현하고 노래한다.(「오작교」) 그에게 모든 존재의 움직임은 우주적 신성성을 지닌다. 따라서 그에게는 "나비 한 마리,/ 날개를/ 접"는 것도 예사롭지 않은 "소식"이 된다.(「소식」) "나비 한 마리,/ 날개를/ 접"는 과정도 현묘한 우주적 행위인 것이다. 모든 존재자는 우주적 리듬과의 상호 공명 속에서 살아가고 있는 것이다.

한편, 그의 이와 같은 생물에 대한 깊은 친연성과 공경의

정서는 무생물에게도 동일하게 해당된다. 다음 시편은 사물에 관한 공경의 태도를 읽을 수 있게 한다.

시냇물에 헹궈 낸
옷가지 하나,

오래도록 함께
세상을 견뎌 온 것,

그래도
아직,

포로소롬한 빛깔만은
남아,

다시 깃을 세워
횃대에 널어 본다.

조금만 더
같이 살을 부대끼며,

세상을
견뎌 보자고.

—「빨래를 널며—영달에게」 전문

시적 화자에게는 “빨래” 역시 인격적인 공동체의 성원이다. “시냇물에 헹궈 낸/ 옷가지”가 “오래도록 함께/ 세상을 견뎌 온” 가족적 연대의 대상이다. “다시 깃을 세워/ 횃대에 널어” 보면서 “조금만 더/ 같이 살을 부대끼며,// 세상을/ 견뎌 보자고” 말한다. “빨래”를 가족처럼 인격적으로 대하는 태도를 읽을 수 있다. 생활 속에서 실천하는 경물(敬物)의 태도이다.

김익두의 시 세계는 이와 같이 인간은 물론 모든 생물과 물건까지도 공경하는 면모를 보여 준다. 동학의 2대 교주 해월 최시형의 “사람은 사람을 공경함으로써 도덕의 극치가 되지 못하고 나아가 물(物)을 공경함에 이르기까지 이르러야 덕에 합일될 수 있나니라”고 했던 가르침을 연상시킨다. 그의 시 세계는 일관되게 공경의 생태학을 기반으로 하고 있는 것이다.

한편, 그의 이러한 공경의 생태학은 단순히 모든 삼라만상이 “우주의/ 큰,/ 생명나무 가지”(「삶」) 속에서 살아가는 공동체적인 구성원이라는 ‘온생명’의 실체를 넘어선다. 모든 삼라만상이 상호 의존적인 관계성의 생명 공동체이면서 동시에 보이지 않는 “당신”, 즉 절대적 신성성을 모신 주체라는 인식을 바탕으로 한다. 그에게 이러한 “당신”은 허공 속에 미만해 있는 존재이다.

당신이

비운 세상,

눈이 나린다.

당신이
비운 가슴,

눈이 나린다.

이 하염없는
설레임으로,

이윽고 세상은
다,

당신이 된다.

—「강설 2」 전문

"세상"이 텅 비어 있다. "당신"이 그렇게 했다. 텅 빈 허공으로 "눈이 나린다." 그 없음의 공간에 "설레임"이 일어난다. "이윽고 세상은/ 다,// 당신이 된다." 당신은 없음을 통해 충만하게 현존한다. 텅 빈 허공에 "당신" 아닌 것이 없다. 당신은 부재의 현존이다. "당신"은 부재하므로 어디에도 없지만 그러나 또한 어디에도 있다.

그래서 그의 시편에는 "혼자"와 "빈 들판"의 이미지가 빈

번하게 등장한다.

추운 겨울입니다.
혼자,
빈 들판을 걸어갑니다.
그뿐입니다.

—「무제」 전문

"추운 겨울" "혼자" 걷고 있다. 배경은 온통 "빈 들판"이다. 시적 화자는 "그뿐입니다"라고 전언한다. 여기에서 "그뿐"이란 결핍이 없는 충만의 극치를 가리킨다. "빈 들판"을 걷는 것이 곧 우주적 걸음걸이로서 절대적 의미를 지닌다. 그것은 "빈 들판"의 허공이 아무것도 없음으로 그 무엇도 하지 않지만 그러나 또한 그 무엇도 하지 않음이 없다는 정황과 연관된다.

다음 시편은 이러한 시적 정황을 "비"라는 가시적 매개체를 통해 좀 더 감각적으로 드러내고 있다.

비
오시는 날,

비 맞으며
혼자,

들길로 나가는

사람,

들길로 나가 천지와

하나 되는

사람,

—「우중유감—다시 고향에서」 부분

"비" 오는 날, "들길로 나가는/ 사람"에게서 "천지와/ 하나 되는/ 사람"의 모습을 보고 있다. 물론 여기에 "비"가 내리지 않아도 이 점은 동일하다. "비"는 실감을 높이기 위한 가시적인 매개체일 뿐이기 때문이다. "사람"이 "천지와/ 하나" 되었다는 것은 사람이 "천지"를 모시고 있다는 것으로 해석된다. 이것은 또한 "천지"의 신성성이 "사람" 속에 있음을 가리킨다. 이 점은 비단 사람에게만 해당되는 것은 아닐 것이다. 허공 속에 존재하는 모든 삼라만상이 "천지"를 모시고 있는 신성한 존재라고 할 것이다. 그래서 "천지"의 작용에 따라 삼라만상의 우주적 활성이 가능했던 것이다.

여기에 이르면, 김익두가 경인(敬人)-경물(敬物)의 차원을 넘어 경천(敬天)을 포괄하는 공경의 생태학을 노래한 까닭을 좀 더 분명하게 알 수 있다. "숲과 하나 된,/ 편안한// 뒷모습"(「풍경 1」)을 지닌 모든 풍경은 "천지"의 신성성을 모신 존재라고 인식하기 때문이다. 물론 여기에서 "천지"는 자연의 이법(道)이며 실천 과정을 가리키는 것으로 해석된다. 이와 같은 그의 시적 세계관은 기본적으로 어디에서 연원하는 것일까? 그것은 그의 전공 분야이기도 한 민속학에 바탕을 둔 다음 시편에서 명시적으로 분명하게 드러난다.

> 한 맺힌 온고을 붉은 흙덩이들,
> 부서질 듯 일어서서 몸서리를 돈다.
> 무왕(武王)도, 계백(階伯)도, 견훤(甄萱)도, 정여립(鄭汝笠)도,
> 이삼만(李三晩), 권삼득(權三得), 전봉준(全奉準), 강증산(姜甑山)까지,
> 조화정(造化定), 조화정(造化定),
> 시천주(侍天主) 조화정(造化定),
> 훔리치야(吽哩哆耶) 훔리치야(吽哩哆耶) 훔리함리(吽哩喊哩) 사바하(娑婆訶),
> 흙처럼 흐느끼며
> 땅이 돈다,
> 흙이 돈다,
> 땅이 논다,
> 흙이 논다,
> 땅과 함께 하늘이,
> 하늘과 함께 우주가,
> 솟대를 세우고
> 솟대로

돈다.

—「기접놀이—전주 풍류」 부분

"기접놀이"란 전북 전주시 삼천동 일대의 여러 마을 사람들이 아주 오래전부터 해마다 칠월 백중날 즐기는 대동굿 축제이다. 그가 살고 있는 전주의 전통적 민속놀이 속에 동학의 경전 『동경대전』의 종지를 이루는 "시천주(侍天主)"가 전면에 등장하고 있다. "시천주"란 무엇인가. 1860년 4월 5일 수운 최제우에 의해 처음 발호된 이래 이 땅 민중들의 해원상생의 간곡한 주문으로 확산된, '내 안에 하늘을 모셨다'는 가르침이다. 이 중에서 특히 '시(侍)'에 대해 최제우는 『동경대전』「논학문」 편에서 '내유신령 외유기화 일세지인 각지불이(內有神靈 外有氣化 一世之人 各知不移)'라고 설명한다. 이를 순차적으로 직역하면, '안으로 신령이 있고 밖으로 기화가 있다. 그리고 세상 사람들 누구나 이것은 움직일 수 없음을 알아야 한다'는 것이다. 신령은 내적 본성이고 기화는 다른 존재들과의 외적인 본래의 관계이며 불이는 운동이며 실천에 해당된다. 그래서 안으로는 하늘과 합하고 밖으로는 다른 사람과 자연을 관통하는 하나의 우주 공동체의 질서에 어긋남이 없이 합치해야 한다. 그리고 이것은 생활 속에서 변동 없이 실현되어야 한다는 것이다. 또한 "시천주(侍天主) 조화정(造化定)"에서 '조화'란 인위적 의도가 없이 자연스럽게 실행하는 것이다. 정(定)은 이러한 이치에 합치하도록 마음을 바르게 정하는 것이다. 즉, 하늘을 모신 존재로서 무위(無爲)의 자연의 섭리에 따라 안팎으로 살아가는 삶의 가치를 강조하는 것이다.

이렇게 보면, 앞에서 살펴본 김익두의 공경의 생태학적 삶은 동학의 생명사상의 생활 속의 실현으로 해석된다.

> 그럼, 겨울밤, 사랑방에서 들려오던 할아버지 주문 소리도 맘이 삐뚤어지실까 봐 그러신 것인가. "지기금지 원위대강 시천주 조화정 영세불망 만사지."
>
> ―「증주할아버지」 부분

그의 집안은 증조할아버지 때부터 동학의 가르침을 내면화하고 있었다. 다시 말해 그에게 동학의 생명사상은 집안의 내력으로 전해지고 있는 생활철학이었던 것이다. 그는 할아버지의 주문소리를 되뇌어 본다. "지기금지 원위대강 시천주 조화정 영세불망 만사지." 동학의 본주문이다. "시천주 조화정"을 평생 잊지 않고 스스로 자각적으로 알고 받아들여 그 덕을 실행할 것을 강조하는 내용이다. 물론, 이때 "시천주"의 주체는 반드시 사람만을 가리키지 않는다. 우주 생명 모두가 하늘을 모시는 주체이기 때문이다. 하늘을 모시는 주체로서 모든 삼라만상은 평등한 생명 공동체이다. 여기에는 어떤 차별이 있을 수 없다.

이렇게 보면, 김익두의 시적 삶은 바로 동학의 가르침을 생활 속에서 실천하고 있는 것으로 보인다. 그의 낮고 겸허한 시적 어법과 어조가 너무도 평화롭고 충만하게 다가온

까닭이 여기에 있다. 그의 시적 삶은 기본적으로 모든 삼라만상의 본래적 삶의 존재성을 깨우고 살리고 노래하게 하는 '시천주'의 철학을 바탕으로 하고 있었기 때문이다. 이 점은 또한 그의 공경의 시적 삶이 우리가 회복해야 할 본래적 삶의 신성한 미래 가치이며, 법고창신의 문명적 비전으로서의 의미를 지닌다는 점을 환기시킨다. 그의 시적 삶과 학자적 삶이 행복하게 조우하고 있는 면모이다.